Henri de Régnier

Choses et autres
Par ci, par là...

Lundi

—

Cher ami,,

Voici le manuscrit "à épisodes". Vous
aurez dans quelque... celui de
Gérard d'Houville .
Je vous donne le ... cette nuit
Cordialement

Henri de Régnier

Monsieur Édouard Champion
31. Av Pierre I de Serbie

Envoi d'Henri de Régnier

Choses et autres

Par ci, par là...

J'ai aujourd'hui, ce qui ne m'arrive guère, une après-midi de loisir. Je suis assis devant ma table; je trempe ma plume dans mon vieil encrier vénitien, en regardant une jacinthe fleurie dans une jardinière de bronze japonais. Au bout de la table dans un vase en faïence de Bassano, des anémones. La maison est calme. Dehors le ciel est doucement gris.

Je considère les objets familiers qui m'entourent. Un jour, j'écrirai leur histoire. Chacun d'eux me rappelle un peu de passé: ce dessin de Tiepolo, cette commode rouge à chinois d'or, ce grand bureau à panneaux de laque jaune, orné de pagodes et de mandarins, ces trois petites étagères laquées, ce coffret de bois peint, ces miroirs. Celui-ci et un certain marque que j'aime pour ses yeux fidèles et son visage mortel charmant. La jacinthe répand un parfum si délicat frais

L'allégorie du Printemps de Botticelli a quelque chose de si factice en sa grâce, de si théâtral en son décor et ses personnages, de si costumé, que cette scène énigmatique semble bien être tout simplement un souvenir de quelque fête secrète médicéenne; pastorale, comédie, ballet, analogue à cet photographie "en groupe" que font faire, de nos jours, les amateurs de théâtre à l'issue de la représentation où ils ont figuré. De là au tableau célèbre, l'aspect féminin, son air de déguisement, l'incohérence de sa composition, le convenu de leur attitudes

Pourquoi ai-je pensé à un "Vélocipédiste" mécanique qu'on m'avait donné lorsque j'étais enfant? Je devais avoir cinq ou six ans. Il y a dans la mémoire de singulières "bulles" de souvenirs.

Thibaudet, dans son livre sur Mallarmé, [...] l'influence exercée sur l'idéalisme du poète par des philosophes comme Schelling, Hegel [...] avait parlé par lui, dit-il. A ce propos je me souviens d'une visite, à l'un des mardis de la rue de Rome, du critique suisse Émile Hennequin. La conversation prit un tour d'interrogatoire philosophique qu'Hennequin poussa fort loin, argumentant lourdement et longuement. A cette instance j'ai gardé l'impression que Mallarmé se dérobait. Je le revois adossé debout au poêle de faïence de la [...] salle à manger, embarrassé, hésitant, agacé, très rouge.

Ç'était [...] d'une visite que lui avait faite Jules Laforgue. J'y ai assisté. Je revois encore dans l'entresol que G. habitait le petit Laforgue assis dans un rocking-chair. Devant lui G. important, protecteur, fumait sa grosse pipe. Laforgue était venu lui demander de traduire en anglais des articles pour des journaux américains. Il parlait des conditions matérielles de cette collaboration que G. repoussait dédaigneusement, en expliquant que, heureusement il n'avait pas besoin de gagner sa vie. Laforgue écoutant, la tête inclinée, l'air fatigué, et parfois, il toussait.

La timidité est une contraction de la sensibilité, une crampe de l'esprit.

Chez Mme de R. on est sûr de [...] de la "vaisselle plate". Seulement, comme elle [...] dame et regardante et qu'elle vaut que l'usage, ne

J'écaille le vermeil, elle a fait recouvrir d'un plaqué de nickel le fond des assiettes.

Je songe à Gauguin. Je le revis chez Mallarmé. À cette époque il revenait de Tahiti et il avait rapporté à Mallarmé une sorte d'idole par lui grossièrement sculptée dans du bois. Il me le plus... tout rue de Rome. C'était un grand et robuste gaillard, carré, trapu, gauche. Il avait une large face équarrie, de grosses lèvres, la peau cuite et tannée. Il parlait d'une voix rauque et raillée. D'énormes mains. Il portait un tricot de marinier et avait assez l'aspect d'un patron de barque. Je vois d'ailleurs qu'il avait navigué dans sa jeunesse, puis travaillé à la Bourse avant de devenir peintre. Singulier homme, mi-Breton, mi-péruvien; sa mère était de race inca. Un jour il présente à Mallarmé un portrait de lui, qu'il avait fait de mémoire...

L'homme n'est pas digne de Dieu

N'y aurait-il pas dans l'égoïsme une sorte d'humilité à aimer ce qu'il y a de peut-être de plus réel dans l'univers, c'est à dire soi-même dont on connaît exactement toutes les faiblesses? L'égoïsme ne serait-il donc pas aussi un sentiment assez voisin de la charité?

Sur le Mirabeau, de Barthou

Nous avons pour le Mirabeau une sorte de sympathie assez particulière. Le génie pur, imprenable a en lui quelque chose qui ne se supporte point. Un génie à la Mirabeau par sa vie, par son origine, par son état, nous satisfait mais parce qu'il excite notre admiration tout en contentant notre malveillance

Exposition de David et de ses élèves au Petit Palais

Ce sont de bons peintres. Si leurs scènes mythologiques sont froides, leurs portraits sont excellents, qu'ils soient officiels, militaires ou bourgeois. Il y a [...] ce point [...] un soin méticuleux, une application de primitif, un [...] respect de la nature, un [...] qui se trouvent en présence d'un monde nouveau et l'observateur consigne pour en fixer l'image avec exactitude. Et quel modèle! quel costume emphatique, quel comique [...] offrant ce militaire de ce fonctionnaire de l'Empire, chamarré, engoncé, emplumé, au [...] luxueux, gauche et barbare! Parmi eux, une petite Odalisque d'Ingres, dessinée et peinte en 5 minutes, [...] délicatesse de miniature persane

La vieille Mme de L... possédait une si magnifique paire de moustaches qu'un jour, à la frontière, les douaniers, l'ayant prise pour un homme déguisé en femme, la firent déshabiller!

Dans un vieil hôtel d'une [...] inconnue, au bas de l'escalier du vestibule, se trouvait une ancienne chaise à porteurs. Le propriétaire de l'hôtel [...] que dans son enfance, sa mère se servait encore quelquefois de cette chaise; seulement, comme les domestiques ne savaient pas la manœuvrer, on louait pour porteurs deux croque-morts habitués aux brancards des enterrements.

X. mort == "J'ai peut-être tenté des choses qui dépassaient mon talent, mais au moins, je n'ai jamais [...] médiocre "

Raconté par Mme D. M.

[quatre lignes biffées, illisibles]

H. disait de la vieille Mme q— "C'était un poète et elle le sent"

C

Comment Balzac en sa vie si occupée de travail et d'affaires, trouve-t-il le temps d'écrire à Mme Hanska ces volumineuses lettres qu'il lui adressait de Chaillot? D'abord, Balzac aimait Mme Hanska, ce qui serait déjà une explication suffisante, mais j'en vois une autre. Balzac est un des hommes qui a le plus vécu hors de lui-même, qui s'est le plus puissamment extériorisé. Par son génie de romancier il s'est dispersé en d'innombrables personnages. Il a été tour à tour chacun d'eux. Il a vécu toute leur vie, aussi devait-il éprouver parfois le besoin de rentrer dans sa vie propre, de se retrouver. Lui qui avait tant senti, tant parlé au projet de si dur, allait parfois sentir et parler pour lui-même. De là ces lettres à Madame Hanska où il se racontait, se confessait. Il y donnait issue à ses sentiments, à ses pensées. Il s'y exprimait directement et devait y prendre grand plaisir. Ces lettres, loin [de] lui être une surcharge, lui devaient être un délassement. De là leur abondance leur prolixité.

Avec sa figure au profil incurvé et tranchant, son cap... courbe, elle a quelque... l'air d'une faucille qui marche.

Hier en dansant, avenue de T, sur le toit de l'hôtel de Mme B. Le sol
de ce bizarre jardin aérien est noir. On y est abrité par une sorte de tente
fermée de rideaux de tulle noir. Au fond un vaste divan noir flanqué de
balustrades de fer qui viennent du sabir et des boules de métal (c'est cocasse et
par là... Mme B. porte une étrange robe jaune à rubans noirs... Des
guitaristes espagnols accompagnent un danseur vêtu à la V... et une
danseuse habillée à la Goya... Puis on dansa d'Espagne, puis le Tango
argentin. Une longue fille en fourreau de linon blanc à rayures noires,
laide et maigre avec un grand nez, s'alanguit passionnément aux
bras d'un gaillard athlète. C'est Mlle de T... En face d'eux Mme R.
avec son air de petite vieille malade subit l'étreinte d'un chauffeur ratté
à mine d'apache. Ces deux groupes se meuvent d'éternel ruche euil
(on de cette belle (in de journée. Ça c'était tout habillé... puis N...
à la fois chétif (a... nant tremant, semble être de ce soir la
gargouille vivante.

Quelqu'un a dit : Le maure est le rôle des femmes laides...

X. disait : adey est à brouiller pendant puissants. Rien ne lit
davantage.

La nuit à elle, avec sa robe jaune, ses bras ses pointes, ressemble
à une sorte "humaniste" par grand...

Entendu : « Il le trompait, ce qui ne fait jamais plaisir à une
femme, même quand elle le disait. »

Si l'on veut observer dans la vie le respect que l'on doit à son maître,
l'amitié que l'on doit à ses amis, ne pas trahir ses affections,
ne pas oublier ses plus beaux souvenirs, il faut se
résoudre à ne pas être toujours "amusant".

C'est un trait de courage mondain de dire nettement ce que l'on pense à quelqu'un qui pense autrement que nous — Si ce quelqu'un est très riche, très puissant, très spirituel, ce n'est plus du courage, c'est de l'héroïsme —

Quelle tête il est plein de manies, de superstitions. On dirait que je ... se vantaler ... Quand il se présente à l'Académie il voyait ... être nommé et il était persuadé qu'en apprenant son échec il serait frappé d'apoplexie !

J'ai toujours admiré l'égoïste et le vaniteux. Quelle idée est-il donc de l'homme pour qu'il pouvons aimer en eux ?

Tout a été dit sur l'amour et l'amour est toujours l'amour.

L'homme aime à voir, nu, ce qu'il aime.

[deux lignes rayées illisibles]

[deux lignes rayées illisibles]

La solitude n'est possible que, très jeune, quand on a devant soi tout de l'être, ou très vieux, avec, derrière soi, tous les souvenirs. !

[deux lignes biffées]

Ceux qui objectent contre le Romantisme s'arrêtent à ce fait que nous lui devons nos principaux moyens d'expression. Il a tellement enrichi la langue créé de tout habitude d'images que nous ne pouvons plus nous passer de lui. Aucun retour au Classicisme ne sera viable sans alliage romantique —

Je le regarde, allongée dans le grand hamac suspendu au fond du petit salon. Elle est vêtue d'une robe chinoise et porte des bas verts et des mules dorées. Son corps a toujours de la souplesse et de la grâce, mais son visage est si fatigué! Pourtant parfois, le sourire lui redonne une fugitive expression de jeunesse d'une minute, on y retrouve la malice d'autrefois. J'aimais sa finesse, on aperçoit l'obscurité de la nuit piquée de feux, la Seine là quand.... Au dessus de la place de la cheminée, un masque de momie en bois doré songe énigmatiquement. Près de moi, sur une table, il y a un sablier rapporté du Sahara, subtile pincée ramassée dans le silence du désert un soir, très loin, et dans l'œuf de verre, elle filtre insensiblement, menue, minutieuse ..

Un Anglais disait : « Je donne à mon domestique 90 francs par mois .. et le lavement » Il entendait parler le blanchissage

J'aime un chien fou — C'était un gros chien. Il allait de l'un
à l'autre des chiens de poste qui veillent au seuil de l'Institut
Et il aboyait aux uns, leur sautait aux moustaches —...
l'âme peut-être de quelque candidat malheureux et défunt ?

C'est un de mes plus lointains souvenirs... Un soir, on m'emmena
au théâtre. C'était la première fois que j'y allais — Je revois la loge, le
lustre, la scène. Sur la scène des personnages vêtus de costumes
éclatants et qui parlaient une langue que je ne comprenais pas, mais
leurs paroles étaient si passionnées et si véhémentes, leurs gestes
si expressifs que je suivais l'action. Il s'agissait de deux amants.
Il y avait des étreintes, des épées, un moine, une nourrice, une
fiole de poison, un tombeau, un balcon, une fête. Il s'agissait
d'amour et de mort et je demeurai fasciné, ébloui de ce spectacle
étrange et merveilleux, par la lumière, la vie, les gestes, les
costumes, dans je ne sais quoi d'indéfinissable qui me faisait
battre le cœur, qui me glaçait les mains, qui me remplissait
d'angoisse et de plaisir. Et ce fut ainsi que j'assistai à une
représentation au Théâtre Italien, de la Place Ventadour, du Roméo
à Juliette de Shakespeare donné par le grand tragédien Ernesto
Rossi.

Une des beautés du dialogue dans Shakespeare, c'est qu'il
dépasse la situation qu'il exprime. Il est écrit pour ainsi
dire sur une double portée. Le mot a son écho, la pensée
sa harmonique. Il se dégage de la réalité des vibrations
supérieures — une inspiration d'images. De là un plaisir
dramatique et aussi un plaisir lyrique et
philosophique, dont le jeu se poursuit, successif, superposé.

Le Suicide est peut être dû à un manque d'imagination. Devant
certains évènements la vie semble se fermer et l'on ne voit pas
au delà du malheur présent. L'imaginatif passe outre

X. disait de Mme C... « Quelle belle situation mondaine elle aurait,
si elle avait su renoncer à la calomnie et se contenter de la médisance »

Dire noir, nourri ici de Suze, fleur souterraine qui a l'air
d'avoir été cueillie aux bords de l'huile !

Il y a chez Pinard une imagination dans le style que n'a jamais
Chamfort. Pouvoir Pinard "mallarmiste"

Le Giorgione du palais Giovanelli à Venise. Pourquoi y voir,
d'après la Thébaïde de Stace, Adraste et Hypsipyle ? Le doux berger
ne serait-il pas plutôt l'Amour, et cette femme allaitant son
enfant une allégorie du bonheur que menace la tempête proche
au ciel noirci ? Les deux colonnes antiques à demi brisées et
débris de quelque temple écroulé, ne symboliseraient-elles pas
la fragilité divine ? J'aurais [...] peine à [...] sur ce
tableau : le peintre de famille !!

Quand l'imagination s'épuise, le souvenir est là pour la
remplacer.

a. disait : « Il y a un âge où l'on ne peut plus plaire, mais
où l'on peut encore être aimé »

Il y a de l'art " dans les souvenirs, parce que la réalité y a été
modifiée et mise au point par l'imagination

Elle dit de lui : « Il ne veut regarde en l'air que
quand il ment. »

Je disais de H. « C'est un homme de cœur, seulement il est
articulé »

La fleur de l'amour laissant paraître une cendre d'amitié.

J'étais couché, on tire, dans —— une sorte de pirogue ; je
descendais un fleuve aux berges tantôt resserré, tantôt
s'éloignant à perte de vue, et ce fleuve traversait de plaines
désertes, des forêts solitaires, un pays tout lointain, un pays
inconnu, un pays du pays des songes —— Et parfois je
trempais ma main dans l'eau pour y cueillir des fleurs
ou des feuilles flottantes et c'était comme le Roc de tout ce
silence infini ...

Ô musique, grotte mystérieuse où résonnent tous les échos
du passé et toutes les voix de la vie !

Quand la tendresse se mêle au désir, l'amour a presque la
douceur de l'amitié.

On a reproché à l'*Horace* de Corneille son cinquième acte, l'acte dit "plaidoirie", mais il est au contraire admirable cet acte oratoire ! Quelle Rome guerrière, politique, familiale, héroïque, c'est toute la Rome de grand Corneille, la Rome du Droit et de l'Éloquence qui s'évoque en ce sublime débat, en des vers qui ont même l'air d'avoir été écrits que gravés sur une table d'airain.

Stendhal dit de la Campagne romaine, traversée d'aqueducs, qu'elle est "belle comme une tragédie"

Leconte de Lisle disait plaisamment : « Il n'est pas un homme raisonnable qui ne préfère cent fois le déshonneur à la mort »

Lorsque l'on a connu la solitude, on tâche en vain de lui échapper. Elle revient nous [illegible] aucun pâle nuage de tristesse et d'inquiétude et pose son doigt glacé sur le cœur le plus brûlant.

Fièvre — Un vaste marécage aux eaux sombres s'étend indéfiniment. Il est couvert, au lieu de nénufars, de chauves-souris, leurs ailes membraneuses à plat sur la surface, leurs petites têtes aux oreilles pointues, vaguement phosphorescentes, et qui émerge.

Dialogue
— « Son amant a été tué .. Comment est-elle ? »
— « Oh! si courageuse! Elle danse tous les soirs... »

Il y a des amitiés de cœur et de sentiment et des amitiés [qui] résultent d'occasions. Ces dernières, [dépendant] de ces amitiés de Société, dépendent de certaines circonstances, durent ou meurent avec elles.

Ne juge pas les gens sur leur réputation, tu aurais peut-être été mal jugé toi-même

.. Le cri strident des hirondelles mord l'air [fin d'un jour] d'été ..

Il y a en chacun de nous des choses secrètes, des impressions obscures et profondes qui sont comme les restes d'une existence antérieure ou comme les amorces d'une vie future, une sorte de poussière psychique, cendre ou graine. Se souvient-on, devine-t-on ?

Un rêve. Je montais un escalier, un obscur escalier aux marches bien creux. J'arrivais à une porte ouverte [illegible] [illegible] [illegible] [illegible] [illegible] [illegible] [illegible]

Il y a des Sommeils d'où l'on se réveille dépouillé et
comme nu.

On ne peut guère vivre d'une De vraiment vrai Sur le né
d'autrui Personne n'y croirait. On ne peut pas
davantage sur sa propre né. On ne le croirait pas soi-même.

Une femme est capable de bien dire choses pourvu qu'elle
se les puisse particul à elle-même et pour être une femme
a dans l'esprit d'infinies ressources de raisonnements

Nov. à 6... Journée claire, lumineuse, glacée. On respire
un air pur et si comme un air de montagne. Dans l'allée
des "Philosophes" les hauts platanes achèvent de perdre leurs
feuilles. Certains arbres sont de pourpre, d'autres en or,
l'eau du Grand Canal est d'une froideur métallique et,
dans le ciel encore d'ivoire, veille une lune, en avance, une
lune d'argent, d'un argent lointain et si pâle."

Les Élixirs de Chênes si voluptueux, si ardents, si vieillis,
semblent avoir été inventés à la lueur de la lampe de Psyché

Lorsque meurt un ami de ménage, il nous paraît soudain
beaucoup plus vieux que nous

Devant un compliment risqué qu'un poète a pu lui que
il est outré dans la forme, il se justifie quant au fond

1ʳᵉ — Il racontera réconciliation avec M. L.. et elle termine à Bref, nous avons échangé le baiser de Juda ! »

Il faut laisser à la souffrance le temps de perdre la figure du Souvenir. Alors seulement on peut tenter de la dépeindre et de la dire.

*

Les Chinois ont fait de la chauve-souris le signe du bonheur. Peut-être parce qu'elle apparaît au crépuscule, à l'heure des Souvenirs, presqu'à l'heure des rêves —

« Je n'aime pas tous mes amis, disait un jour S., mais celui-là je le déteste ».

*

2. disait d'un mariage ancillaire : « C'est un rayon de lune de miel à travers un carreau de l'office »

Il faut un beau corps pour l'amour ; un beau visage pour l'amitié

Je vois des rapports de génie entre un Lamartine et un Liszt. Même sentiment de la fuite du temps, mêmes thèmes généraux : l'amour et le mort. Tous deux écrivant sans effort apparent, mais doués d'un même don mystérieux qui remplace tout.

Certains visages prennent dans l'amour ou dans la mort une beauté particulière.

Île St Louis — Il faisait un admirable temps d'automne léger, clair, presque chaud. Le long du quai de Béthune, on a cette impression lumineuse que l'on goûte sur le Lungarno, à Florence ou à Venise, [...] La Lattère. Se [...] promener auprès d'une eau qui coule et luit! Le soleil chauffe les façades des [...] maisons. De l'une d'elles, toutes roses d'or, s'échappe une musique de piano et de violon. J'ai fait le tour de l'île. Sur le quai de Bourbon l'ombre est tiède.

Certains sentiments morts survivent un peu, [...] ; d'autres se réveillent même simple cendre, [...] dispute.

Les déceptions de l'amitié se guérissent par l'indifférence, celles de l'amour par l'oubli.

De l'art que [...] d'[...] le plus minime, un seul fragment [...] suffit. J'en [...] une impression [...] d'art égyptien, [...] la plus inattaquable matière, [...] le mot [...]

J'aime ces beaux [...] près à [...] blanc teinté de [...], de mobilier [...] noir, où le dessin [...] de l'esprit vaguer comme [...] je les aime pour leur grâce amoureuse et funéraire.

Quelqu'un disait de M. X et de Mme Z « Il l'adore et le déteste.. Bref, il l'aime »

En voyant passer M. R.. avec sa haute taille courbée, on a l'impression qu'il cherche à terre une épingle, celle qu'il saura toujours "tirer du jeu"..

~~[mot rayé]~~
Le disait de X. « Je pousse l'ingratitude jusqu'à l'imprudence »

L'autre jour, ma mère m'a parlé de son grand père et de sa grand mère M. et Mme de G... celle que j'ai connue enfant et qu'on appelait "grand maman Justine" et que je revois avec le vieux [chignon] encadré. Son long nez, son chapeau qu'elle ne quittait jamais et avec lequel elle est morte à 97 ans, au sortir d'une [partie de] carte encore l'hiver qu'elle était allée passer la soirée en ville. Elle avait, paraît-il, été jolie et était demeurée coquette et gourmande. Elle riait vraiment [trop] avec ce chapeau ~~[rayé]~~ et le gardait même au bain où elle en nouait le bout de [mouchoir] au dessus de sa tête ~~[rayé]~~. Il lui servait de perruque, muni d'un "tour" de faux cheveux et de papillottes. Elle aimait les cartes, surtout le revers et appelant tout le monde "ma mie". Son mari était un homme de beaucoup d'esprit, sauvage, bizarre, solitaire, grand ~~[rayé]~~ chasseur, grand liseur, sachant l'espagnol et l'italien. Il adorait la politique. À l'agonie, il se crut à la tribune de la Chambre et prononça, dans son délire, un admirable discours.

Sa chaleur s'ouvre et la feuille morte du crépuscule

Les prêtres connaissent bien les femmes. Ils savent les mensonges qu'elles font aux hommes et devinent ceux qu'elles font à Dieu.

Jour de l'an ! Étrennes, cadeaux ! Offrandes propitiatoires, Sacrifier de la peur au Dieu inconnu.

Barbier me disait un jour « [passage biffé] »

Si tu es méchant, ne t'arrête pas pour regarder la lune

X disait l'autre jour : « Il ne faut jamais prendre la pitié des femmes parce qu'elles finissent toujours par avoir raison »

A. D. disait à sa sœur : « Tu devrais mettre du rouge ; tu es si pâle que tu as l'air d'être peinte »

X disait : « Des lettres d'amour. Il faut bien en venir ! Il y a une chose qu'il n'est pas facile de demander de vive voix à sa maîtresse ! de l'argent, par exemple... »

Au Louvre, salle égyptienne. Ces statues bizarres et roides, sculptées dans une pierre dure et noire, ne les dirait-on pas des divinités aérolithes, des Dieux tombés d'un maître mort ?

Un pas sur les feuilles est toujours mystérieux

—

Sur ce papier, Napoléon et sa famille ont signé le contrat
du mariage de l'Empereur avec l'Archeduchesse Marie Louise.
La signature de l'Empereur! Elle est formidable de brusquerie,
d'orgueil.. En son zig zag de foudre, elle perd son aspect
d'écriture. Elle devint une arabesque, ~~...~~ . On dirait le nom
d'Allah, et ses caractères d'apparence orientale, seraient dignes
de figurer sur une plaque de faïence, au fronton d'une mosquée
~~...~~ de la Guerre et d'une Mosquée de la Gloire

X. me disait : « Aimer est une chose trop douloureuse, trop
grave, trop ennuyeuse pour qu'il soit possible d'aimer seul.
Il faut être à deux pour en partager le fardeau »

C'était un châle de l'Inde ou de la Perse. Plié il emplit un étroit
carton de ses vives couleurs confondues ; quand on le déplie, il devint
très grand, grand à tenter, à envelopper un corps debout. Il devint une
chose vivante, ailée, une sorte de grand papillon multicolore, léger,
abondant. Son souple tissu est d'une laine extrêmement fine
traversée de bandes joyeuses ; il est peint de longues palmes, de
rouges différents, qu'entoure un décor de fougères. Et ce diable,
au moindre mouvement, se transforme, se recompose, toujours
harmonieux et divers. Il évoque, ce châle, des images de chaleur,
de danses, de parfums, des nudités odorantes et ambrées. Il est
éclatant, variable, minutieux.

X. disait d'une femme : « Il y en a qui entrent en coup de
vent ; elle, elle entre en coup de foudre »

À Toulon. Les caryatides du [illegible] sujet, leurs belles poitrines jaunies, leurs torses musculeux, bombés comme des [illegible] de navire. Ils sont gonflés comme des outres héroïques, [illegible] mains. Ils ont l'air d'avoir trop [illegible] les vents du large.

Par déférence pour la mode, la femme ne déteste pas d'être un peu ridicule. Elle ne s'en trouve que plus de mérite à être, tout de même, charmante.

J'ai entendu dire d'un médecin : « Il a plus de malades qu'il n'en peut tuer. »

Ce qui m'ennuie, dans La Fontaine, ce sont les animaux.

Il y a plus d'animaux dans Saint-Simon que dans La Fontaine, seulement ce sont des hommes.

La vie est une étoffe qui ne prend forme et couleur que sur le destin d'autrui. De celle qui doit nous être ne nous apparaît que la trame.

Que de gens qui ne sont supportables que dans la mélancolie. La gaieté est leur « dimanche ».

Juger est quelquefois un plaisir, comprendre en est toujours un.

Je ne connais rien de plus mélancolique, par un beau jour d'automne pluvieux, que la pensée de ne pas être en Italie.

J'ai entendu dire à un jeune homme : « Tout ce que je crains, c'est de devenir amoureux d'une jeune fille sans dot. »

X. disait : « Je ne ferai un mariage d'amour que si je ne puis faire autrement. »

~~[ligne biffée, illisible]~~

La vie est peut-être assez dévote pour que la vieillesse soit supportable.

~~[ligne biffée, illisible]~~

X. disait « Ce n'est pas avoir été l'amant d'une femme que de l'avoir b... elle trois ou quatre fois sur son canapé, à son jour de réception entre deux visites. »

X., à qui l'on reprochait, n'étant plus jeune, de trop aimer les femmes, répondait « Que voulez-vous, mon cher, on n'est vieux qu'une fois ! »

Il y a un classicisme poétique que, sous prétexte de se restreindre, dite discipliner, [encore] ... de l'impossibilité où l'on est de s'agrandir. C'est faire, d'une infirmité, une doctrine.

———

Le grand salon de Mme de R.. le salon aux boiseries vert et or, aux portes monumentales. Degas est là. Le dîner est donné en son honneur. Degas a soixante quatorze ans et paraît encore vigoureux. Le regard est étrange, des yeux ... sous leur haute et profonde arcade sourcilière. Ne le teint clair, la barbe blanche, de longs cheveux qui bouclent sur ... le nuque. Il y a dans toute sa personne un air de probité. Quelquefois passe sur son visage aux traits immobiles et comme paralysés une singulière expression de malice. Il ... respect et éloigne toute familiarité. Aussi la conversation languit-elle un peu, jusqu'à ce que à table, Degas se soit mis à raconter des histoires aussi comiques. Jusqu'à la ... de se plaindre où l'on n'ait, à entendre ... passer dans le ... que le ... de Potz de chambre. Puis l'on parle de vieux usages d'autrefois et quelqu'un rappelle ce château où, en cabinet ... disant, on avait placé, au haut de l'escalier, une chaise percée près de laquelle étaient disposés un domino et un masque pour assurer l'incognito de l'occupant.

———

Il y a des gens d'esprit si libourde, si prosaïque que, pour eux, "l'heure du Berger" doit être bien plutôt "l'heure du Bouvier".

———

Le disant du seul cardinal de : « Je n'aurais pas aimé à le rencontrer le soir, sur le chemin de Damas, ni au coin du bois de la Croix. »

———

La goutte d'encre que la plume tire de l'encrier, n'est elle pas un peu sur le blanc l'[illegible] de la page de papier, comme une sorte de noir adieu à notre pensée m... [illegible] dont elle nous sert à tracer la figure ou le squelette ?

Si vous battez une femme avec une fleur, prenez plutôt une rose. Sa tige a des épines.

Bons ou mauvais, il m'est [illegible] avoir [illegible] sur les sentiments des hommes, à l'exception de deux : l'envie et l'ingratitude.

Quand [illegible] reste au salon, les petits parents viennent [illegible] ; les petites filles viennent [illegible]

Le vieux ménage Z. a quelque chose d'à la fois aristocratique et campagnard. Lui avec son aspect de jardinier de château ; elle avec son air [illegible] de château abandonné.

Le soir, l'affreux B. [illegible] à son [illegible] [illegible]
[illegible barré]
[illegible barré]

H. disait à [illegible] : « Voilà, [illegible] l'Immaculée Déception ! »

Enfermez dans une chambre bien close dix amis
intimes et dites leur qu'il y a un million pour le
survivant. Vous verrez !

Dimanche des Rameaux — maison de santé à la mer.
Dans la chambre nue aux murs (type clinique), dans la chambre
laïque où manquent le crucifix et le bénitier, c'est au
thermomètre pendu à la tête du lit que l'Infirmière a tiré
le brin de bleu pascal.

On dirait qu'il faut avoir été riche pour savoir être riche
et pour savoir être pauvre.

S'il avait voulu être imprimé de son temps, Saint-Simon
aurait été forcé d'être La Bruyère.

J'aime les pommes de pin. Il y en a de grosses, aux écailles
déjointes et qui s'écartent, d'autres intriquées et entre
resserrées comme des écailles. Certaines ont l'air d'être en bronze.
Certaines, violettes et jaunies sont comme laquées. Il y a
en elles je ne sais quoi de marin. Elles font penser à des
coquilles, à des poissons pris par les marées. Ou l'air et les courants
du vent laissent là, abandonnement et eux par encontre.

Elle est assise. Il tient deux miroirs à main, qui sont
comme des raquettes de verre où elle jouerait avec son
image.

On demanda une fois à Réte pour quel candidat à l'Académie, il voterait :.. « Pour le moins laid » répondit il.

Nul n'a su, comme Whistler en certaine de ses eaux fortes, rendre le mystère d'une porte ouverte, d'une devanture de boutique, d'un balcon surplombant un mur, d'un escalier qui commence, et cela, sans aucune intention fantastique et pour ainsi dire, par la seule Sorcellerie des choses.

Style? - Celui sec : Un éclair d'orage en bouteille d'encre
Celui [?] : Un volcan qui ne lance que de la cendre

Il y a quelque nuit au jardin. les branches qui musiquent ont dans l'ombre une tièdeur et comme une timidité charmante.

Mallarmé racontait que, dans sa jeunesse, à Londres, il alla, se trouvant souffrant, consulter un médecin. Avant de se soumettre à l'examen du docteur, il lui demanda combien il lui devait :
- mais une guinée, Monsieur.
Mallarmé était sans ressources.
- mais, Monsieur, je n'ai là qu'une demi guinée.
- alors, Monsieur, reprit l'anglais, je ne vous guérirai qu'à moitié.

Il disait de R. maigre et Barbu « Il a l'air d'un fleuve à sec ».

Il y a un moment cruel pour les femmes qui vieillissent et qui vieillissent dans trop de lieux. Le moment où ce n'est plus ... qui intéresse, mais ce qu'elle entoure, où l'on regarde ce qu'il y a à leur mur et non ce qu'il y a sur leur visage.

Le Souvenir, c'est ce qui reste de mémoire à l'oubli.

X... disait : « Il faut que nous ayons à l'amitié une croyance bien involontaire, bien naturelle, bien enracinée, puisque nous y croyons malgré nos amis ? »

Le vieux duc de N... mariait sa petite-fille au petit-fils de son ami le marquis le P... Quelques jours avant le mariage, le marquis de P... meurt. On redoute comment apprendre cette nouvelle au duc. Les deux vieillards sont du même âge. La mort de l'un peut effrayer l'autre. Enfin on se décide à dire au duc la mort du marquis. Il écoute, réfléchit un instant... puis se tournant vers sa petite-fille : « Je suis heureux, mon enfant, que l'événement qui retarde ton mariage ne vienne pas de notre côté. »

Le vieux M. de M..., ... injurié de ce que l'on accusait de n'avoir pas assez requitté son fils, disait : « Que voulez-vous, il ne peut pas avoir à chacun qu'il aurait eu... sans le retour. »

« C'est une femme d'intérieur, disait-elle d'une amie, elle ne s'est jamais occupée que de ses enfants et de ses amants. »

A quelqu'un qui se vantait devant lui d'avoir [eu] duel,
[Villhac] ~~[illisible]~~ répondit doucement: et moi j'ai eu
deux ou trois affaires d'honneur .... on rire ... où
le [maudit] sort bien conduit »

Les visages des Anglaises qu'on rencontre en voyage
ressemblent par leur appartenir à elles toutes seules. Elles
ont presque toutes le [Bas de la figure] d'un vieux
monsieur dégoûté
—

L'homme [ignore] l'homme partout ailleurs qu'en
celui qu'il [est]
—

Ce n'est pas vrai qu'en province on sache tout [ce] [que] [l'on] [est] des
autres, seulement comme on s'y connaît mieux, de plus près
et de plus longtemps, on invente mieux sur le compte de chacun.
La médisance, la calomnie [et le] mensonge y [prennent] plus
aisément la figure de la vérité.
—

La beauté de l'oranger est dans l'accord qu'il y a entre le
double métal de son feuillage et de son fruit.

Si j'avais à décorer d'allégorie un salon particulier, j'y peindrais
au plafond ~~[de]~~ le Dieu [Silence] et la Nymphe Écho.

B. à propos d'un dîner me disait : « Quelle idée d'inviter
des gens qui [ont] [d'autre] pensé[e] que me comme et moi ! »

B. me montre une photographie, représentant le Père Abbé de
de F... sur son lit de mort, un petit lit de fer où tient juste
le corps allongé, les mains jointes et relevant le bord de la robe,
de profil, d'énormes sourcils, qui sont comme une allusion
ironique à cette vie de travail. A côté du lit, sur une
table, la mitre et le reste attestent et, au mur nu, pendue
à un clou, une clé, signifiant peut-être l'ouverture de l'au-delà,
une clé, emblème puéril du grand désir d'outre-vie, de la
curiosité d'éternité qui informe un homme entre les quatre
murs blancs d'une cellule.

—

V. le grand débineur m'a dit : « J'ai tout fait pour mépriser
Stendhal ; je n'ai pas pu. »

—

J'admire une roque vieille autour d'un cercueil qui se
descendait dans la fosse une grosse corde qui, dans se
torsion, dévoratrice et réquitère, représentant déjà le Ver.

—

Il y a dans les ensevelissements de grands ~~bout~~ boas
léthargiques, malgré la beauté de leur marbrure, malgré
l'élasticité latente de cette paisible ingourde, quelque chose
d'ordurier et de stercoraire qui tient de la flaque et de
l'étron.

—

Il disait à x... galantin maladroit : « Tu voudrais jouer
aux dames ; tu joues aux échecs. »

—

Il est mort dans la commune que tout le monde regrette et
qui ne manquait à personne.

Détestée que pût être d'elle, me ridiculise, Mᵐᵉ de L. m'apparaît comme une personne assez surprenante. Elle était de haute taille, l'air hommasse, le verbe brusque, populacière et sarcastique. Elle se plaisait à donner des ridicules et à amuser grande dénicheuse de silhouettes, toute la ville y passait. Elle qualifiait volontiers les gens de : "queron de nature" ou de "queron du genre humain" invectives dont le sens me demeure mystérieux. Un soir, elle arrive au bal, les mains écorchées.

« Qu'a-t-elle encore fait celle-là ? lui demande A. de L... et En écaillant mon poisson », lui dit en riant... Elle. Elle aimait la toilette et s'en fabriquait d'incroyables qu'elle portait fièrement partout... Quand elle maria sa fille à mon grand-père, elle ne voulut jamais revenir de l'église en voiture... Elle revint à pied pour faire admirer sa toilette. On se souvient encore à L. d'un chapeau qu'elle eut. Il était en carton, en forme de casserole, recouvert de papier d'argent et garni de plumes de paon. Elle se faisait habiller saufement sauf le Vendredi Saint...

Elle était pauvre et vivait à L. où elle habitait rue Dame-Dieu. Son mari l'avait abandonnée après l'avoir épousée par amour. Officier au Régiment de Beaujolais, c'était un fort joli homme. J'ai son portrait en miniature, dans son élégant uniforme blanc. Séparément... elle reste veuve. Joueur enragé, il émigre à Hambourg où il tient un hôtel dont il est bien probablement, disait-on donnant les goûts, un tripot. Décavé, il joue, un jour, une partie de billard contre un lord. Le lord (c'est l'origine de l'ample... gain qu'il dissipe. Il mourut à Hambourg où il s'était remarié et on l'appelait "le beau Français" Mᵈᵉ de L. Elle mourut à L. terriblement impotente, éclatant de toutes... d'un bâton qu'elle cachait sous des draps, les accidents d'elle... telle se rendre et de "l'emportait dont on contait..."

B.. me dit : « Il est plus décent de mourir à la campagne
à Paris, on dérange tout le monde. Ainsi, mon père,
à C..., a eu un enterrement délicieux. »

Le sourire confie au rire la joie dont il ne veut plus.

X. disait de A : « Il n'entend pas ce qu'on lui dit,
à force d'écouter ce qu'il va dire ».

Le vrai secret de l'amitié est que nous puissions compter
sur nos amis sans qu'ils aient le droit de faire fond sur
nous.

Cette femme nous regarde comme si un serpent
allait nous piquer.

« J'ai assez aimé cette femme disait-il, pour ne la
plus pouvoir aimer et pas assez pour ne pouvoir
aimer d'autres. »

Certaines personnes nous aiment à l'état parce qu'elles
nous connaissent.

En naissant, nous savons que nous mourrons et en
mourant nous ne saurons pas même ce que nous avons vécu.

Il y a des gens qui ont une vie remarquable qu'on les rencontre toujours où l'on n'aimerait pas aller souvent.

—

Il y a des amitiés de l'esprit qui finissent par des amitiés de cœur...

—

Il y a des êtres très purs qui meurent comme un cristal se brise.

—

Les pierreries devraient être parfumées. J'imagine l'odeur gelée et aiguë du diamant, l'odeur acide et fraîche de l'émeraude, l'odeur lourde et brusque du rubis, le faible bouquet incertain de l'opale, le subtil finement nacré de la perle...

Henri de Régnier

La phototypie de ce manuscrit
a été faite
par
Daniel Jacomet
pour
Édouard Champion

Achevé de tirer le dix Juin
mille neuf cent vingt cinq
à cent trente exemplaires
dont dix sur Japon (# à X)
accompagnés
d'une page autographe
tous chiffrés à la main
par
Henri de Régnier
et signés

Il a été tiré en plus vingt exemplaires pour
les amis de l'auteur
numérotés A à

89. Henri de Régnier

« M. le Duc a attendu la mort, comme sa voiture, quand il l'avait commandée »

(Le Domestique du feu Duc de B)

Au fond d'une tasse, quelques noirs brins d'feuilles de Thé, imitaient, sur le blancheur de la porcelaine, l'écriture d'un caractère chinois.

On disait à la vieille, Mᵐᵉ B « Pourquoi donc vous teignez-vous » « Ce n'est plus pour » répondit-elle.

L'avenir nous promet la couleur du chose ; le passé nous en conserve le dessin.

Il vaut mieux savoir écouter que savoir répondre. Chacun est plus content de ce qu'il dit que de ce qu'on lui saurait dire.

2. disait de Mᵐᵉ C... « Comme on voit bien qu'elle a été encore jolie ! »

Il n'y a ni discrétion, ni indiscrétion. Les uns voient tout de suite ce qu'on leur cache ; les autres le comprendront plus tard, et tous inventent ce qu'on ne leur a pas dit.

Il disait de N... est un des hommes que je détesterais le plus, s'il n'était un de ceux que j'aime le moins.

—

Sait-on ce que devenait, le soir du triomphe, l'esclave qui monte sur le char du triomphateur, était chargé de lui répéter à l'oreille « Tu n'es qu'un homme ! »

Dans un salon où l'on dit ~~Edward~~ durant, j'ai remarqué que les femmes tiennent plus... à pouvoir entendre qu'à écouter.

N... aussi [illegible] je voulais [illegible] parler, un pièce de dix ~~[illegible]~~ sous article d'intérêt.

On disait d'une femme qui avait eu plus que beaucoup d'amants et s'était prise d'amour pour... « elle oublie le passé ». Quelqu'un rectifie « Non, le passant. »

Je connais des amis intimes qui s'aimeraient vraiment beaucoup s'ils pouvaient se supporter.

—

Le Vin est une espèce de fard intérieur qui embellit un instant le visage de nos pensées.

—

.. Oui, il habite une tour d'ivoire, mais elle est construite sur du sable ...

—

L'amitié donne le sentiment du durable ; l'amour celui de l'éternel, et c'est l'égoïsme qui survit à l'autre.

~~[ligne biffée, illisible]~~.

—

1re N... et tient d'une robe toute de piqué blanc. L'espoir tend la jupe qui s'arrondit et ballonne ou se casse en plis nets. Avec le [illegible] aux yeux en l'entendre et toute cette [illegible] étoffe autour d'elle, elle évoque [je ne sais] quoi de gentiment campagnard, de délicatement endimanché, des idées de lait blanc [illegible] chambres claires, de jattes de lait et de la [illegible] [illegible], de mars en mai, que [illegible] des clochers argentins, [illegible] [illegible] [illegible] si [illegible] ...

—

Je dis [illegible] injustement, ~~son~~ mais décidément du Journal des Goncourt : « c'est l'œuvre de Mouchard et Pécuchet »

On ne devrait lire au « monde » que les heures dont on ne ferait rien pour soi-même.

———

J'ai chez moi (Goncourt possède la pareille) une petite lanterne à main du XVIIIe siècle. C'est une rondelle de nacre montée en or qui contient repliée une lanterne de papier et la nacre à ... éclairante, un ... un peu que donnant au ... au clair de lune, le rebus de cette galanterie de ce temps-là.

———

Il disait : « J'ai comme un vague pressentiment des choses qui seront et l'idée qu'elles doivent être m'empêche de rien faire pour qu'elles soient. »

———

Il y a des lettres qu'avant d'avoir mises ... on a comme déjà oubliées.

———

Je m'ennuie : ... Je resterai ici même cette année. Je m'userai sur place. Un jour, pour retrouver de moi ... l'herbe d'une clairière, ou ... un petit rond de cendre, comme à cette place où il connut qu'il y a ... ?

Goncourt disait de David : « Il a des yeux de chevreuil, de beaux yeux, oui, des yeux de chevreuil » et il ajoutait : « sans la larme »

———

La pluie anime la nuit, de bruit et de griffes invisibles

Un lien bizarre, secret, matériel, l'un natif et de terroir, unit peut-être Téniers et Watteau. [Rumisseur] et [Pater] galantes, c'est le même sujet transposé, ici populaire, là aristocratique. Les magots de ce flamand sont cousins des [finettes] du Français. La cornemuse s'est changée en flûte, mais c'est le même air et le même chanson, l'un sensuel et matériel, l'autre spirituel et sentimentale.

———

Le Baron P., grand avare fait laisser ouverte la porte de son hôtel pour que le concierge n'ait pas à tirer le cordon. Il dit que le cordon s'use et que c'est une dépense plus grande qu'on ne croit.

———

Mallarmé. Souvenirs d'enfance. Il se revoit en 1847. Sa mère morte au retour d'un voyage d'Italie, mort que lui laisse assez indifférent, à cause de son âge. Quelques jours après l'événement sa grand'mère l'appela au salon où elle recevait une visite, et comme cette personne parlait du malheur survenu, l'enfant, embarrassé de son manque de douleur qui ne lui donne pas la contenance due, prenait le parti de se rouler sur le tapis, en agitant ses jambes [...] ne voulant plus lui battre [...] que.

Cela se passait dans une propriété située à Passy et appelée Boulainvilliers où plus tard, en 4[8], Mallarmé se souvenait d'avoir vu passer les émeutiers portant des piques arrachées aux grilles du jardin et chantant "La Marseillaise" qu'il chantait, lui aussi, [inspirant] ce [...]: "Abreuve nos sillons", "comme un long mot dont il ne comprenait pas le sens".

Mallarmé m'a parlé de la pension où il a été élevé, une pension très aristocratique, très nobiliaire ~~on~~. On y était précepteur Talleyrand-Périgord ou Clermont-Tonnerre. Aussi à son entrée, été son nom de Mallarmé, fut-il accueilli par des railleries et des bousculades. Il eut alors l'idée de dire qu'il s'appelait aussi le marquis de Boulainvilliers (son père avait à Passy une propriété de ce nom). On le désigna dès lors ... et c'était ainsi qu'il était ~~...~~ convoqué au parloir.

Pour avertir les enfants qui jouaient au jardin de le visite de leurs parents, on criait leur nom dans une sorte de corne ou porte-voix. ~~...~~ L'appel Mallarmé tardait le plus possible pour que sa vieille tante ne s'identifiât par aucun marquis de Boulainvilliers que réclamait la trompe. C'était cette tante, vieille demoiselle fière de noblesse, qui l'avait fait mettre dans ce pensionnat. Elle avait longtemps vécu chez une soeur ~~pa~~ parente à elle un ... de la Roche-Aymon et elle retrouvait au parloir beaucoup de ses connaissances du Faubourg dont le mort de vieux gentilhomme l'avait éloignée. Elle causait au salon de ce parloir et y passait de longues heures

———

J'ai rêvé l'autre nuit, que je montais le moyen de parfumer les ailes des papillons.

———

Judith Gautier m'a raconté le retour de Hugo à Paris en 1870, à la gare du Nord. Il y avait cent mille personnes. Je portais ~~un ...~~ un képi de garde nationale et je récitais à Judith des vers d'André Chénier. Et une poussée de la foule, ... m'ugea chez un marchand de vin dont Judith baisse la porte, et ... m'embrassant me